Chef Sumisa y otras historias

Erika Sanders
Serie
Dominación y sumisión erótica

Sinopsis

Este libro consta de las siguientes historias:
Chef Sumisa
Traicionada
Mejor un trío

Chef Sumisa es una novela de fuerte contenido erótico BDSM y, a su vez, una nueva novela perteneciente a la colección Dominación Erótica, una serie de novelas de alto contenido BDSM romántico y erótico.

(Todos los personajes tienen 18 años o más)

Nota sobre la autora:

Erika Sanders es una conocida escritora a nivel internacional, traducida a más de veinte idiomas, que firma sus escritos más eróticos, alejados de su prosa habitual, con su nombre de soltera.

Índice

CHEF SUMISA Y OTRAS HISTORIAS
ERIKA SANDERS

CHEF SUMISA

PRIMERA PARTE
CONSENTIMIENTO MUTUO

9

CAPÍTULO 1

La carta fue una bendición.

Apenas podía contener las lágrimas.

Cristina acababa de terminar sus estudios culinarios y su nuevo negocio de catering tenía un comienzo difícil.

Se quedó de pie en su pequeño departamento y revisó cada palabra de la carta escrita a mano.

Querida Cristina,

Espero que esta carta te llegue. Perdóname, pero no uso el correo electrónico. Y generalmente no me gustan las llamadas telefónicas. Estoy pasado de moda.

Soy un conocido de tu madre. Nos conocimos brevemente en la fiesta de un amigo mutuo hace varias semanas. Tu madre mencionó casualmente tu negocio de catering varias veces. Lo pensé y suena interesante. Nunca he contratado a un proveedor de catering antes.

Si estás interesada en un nuevo cliente, contácteme y tal vez podamos llegar a un acuerdo. Soy un cocinero terrible. Y escuché que eres muy buena.

Mis mejores deseos y buena suerte con tu negocio,
Paul

Finalmente, pensó ella. La buena suerte comenzaba a venir en su camino.

CAPÍTULO 2

Una semana después.

Cristina conducía por el rico vecindario en su viejo y destartalado automóvil.

Claramente Llamaba la atención, pero no le importaba.

Estaba feliz de estar en este vecindario para un posible trabajo potencial.

Aparcó en la entrada de la dirección que le habían indicado.

No tenía idea de cómo se veía Paul.

Su única interacción real fue una breve llamada telefónica para organizar la reunión.

Cristina llamó a la puerta.

Respondió una anciana negra.

La mujer llevaba un traje de sirvienta.

La mujer permaneció extrañamente callada mientras se miraban.

"Hola", dijo Cristina torpemente. "Estoy aquí para ver a Paul".

La anciana negra asintió.

"Entre por aquí."

Cristina entró y la criada cerró la puerta.

La criada la condujo por las escaleras de una casa bastante grande.

Cristina miró a su alrededor con ojos llenos de envidia.

Todo era antiguo, oscuro y rústico.

Había antigüedades por todas partes.

Pinturas clásicas se exhibían en las paredes.

Llegaron a un pasillo y la criada abrió una puerta después de tocar primero.

Cristina entró, luego la criada se fue.

Era una sala de oficina.

Paul estaba sentado detrás de su escritorio trabajando.

Era un hombre guapo de unos 40 años.

Tenía una expresión en la cara como de piedra que era imposible de leer.

Su cara era perfecta para el póker.

Su rostro permaneció inexpresivo.

"Por favor, toma asiento", dijo.

Cristina estaba intimidada por su presencia y por su propia falta de experiencia empresarial.

Nunca antes había cerrado un trato.

Ella se sentó frente a su escritorio.

"Debes ser nueva en esta línea de trabajo", dijo.

"¿Por qué dices eso?"

"Pude sentir tu nerviosismo cuando entraste. Deberías intentar relajarte. Tranquila, estoy para ayudarte en lo que necesites".

Ella esbozó una sonrisa incómoda.

"Lo tendré en cuenta."

"Está bien. Ahora cuéntame sobre tu negocio de catering."

"Bueno, todavía es bastante nuevo", dijo después de pensarlo un poco. "Puedo preparar comidas para satisfacer sus preferencias específicas. Si necesita catering para una fiesta, puedo contratar personas adicionales. Tengo muchos amigos de la escuela culinaria".

"Eso no será necesario. Prefiero que trabajes sola. Hay menos problemas de esa manera".

Cristina asintió con la cabeza.

"Supongo que vives solo y quieres que te prepare las comidas".

"Muy astuta".

"¿Tenías un acuerdo específico en mente?"

"Eso depende", respondió Paul. "¿Estás ocupada?"

Ella le dio una sonrisa avergonzada.

"Al contrario. Eres mi primer cliente real. He hecho pequeñas cosas aquí y allá. Principalmente para amigos de mi madre que me estaban haciendo un favor".

"¿Quieres un consejo comercial gratuito? Nunca reveles una debilidad. No suena bien".

"Oh, claro. Lo recordaré".

"En cuanto a un acuerdo", respondió Paul. "¿Podrías prepararme las comidas? Almuerzo y cena".

"Claro. Eso no será un problema".

"Excelente. Me gustaría que me entregaran las comidas en mi casa a las 11:30 de la mañana en punto. De lunes a viernes".

"Por supuesto", asintió ella.

"Este acuerdo, como poco, durará los próximos meses. Cualquiera de nosotros tiene la opción de cancelar el acuerdo en cualquier momento. ¿Entendido?"

"Sí, entiendo."

"Excelente."

"¿Tienes alguna preferencia por las comidas?" Cristina preguntó. "Mis especialidades incluyen francés, italiano y diferentes estilos de Asia..."

Sacudió la cabeza.

"Eso no importa. Solo tráela a tiempo".

"Bueno."

"Ahora discutamos los números. ¿Cómo te suenan 100 dólares por día? ¿Es justo?"

Los ojos de Cristina se abrieron.

El trabajo y la cantidad ofrecida era mucho más de lo que esperaba.

Se dio cuenta de que debía de parecer una tonta con una expresión de cachorrita en su rostro, así que recuperó la compostura.

"Eso suena razonable", respondió con calma. "Si, está bien."

"Entonces está arreglado. ¿Puedes comenzar mañana?"

"No hay problema. ¿Pero estás seguro de que no quieres probar mi cocina primero?"

"Francamente, no me importa el sabor de la comida. Fuiste a la escuela culinaria. Eso para mí es lo suficientemente bueno. No quiero preocuparme por la comida mientras estoy trabajando".

Cristina asintió con la cabeza.

"Está bien. Entiendo. ¿Puedo preguntarte qué es lo que haces? Tu casa es hermosa. Me encanta el ambiente rústico".

"He hecho varias cosas en mi vida. En estos días soy comerciante de arte. También trato con antigüedades raras. Por el momento, me estoy centrando en mis escritos".

"¿Que escribes?" ella preguntó.

"Unas memorias. No pretendo ser alguien famoso o importante. Pero tengo algunas historias que compartir. Sería una pena que nadie las escuchara. También estoy trabajando en algunos libros de ficción".

"Oh, suena interesante. Tal vez pueda leerlos algún día. Me encanta leer biografías y memorias".

Paul esbozó una leve sonrisa.

"No creo que te interese".

"¿Por qué no?"

"Es una suposición. ¿Pero quién sabe? A veces me equivoco acerca de estas cosas".

"Está bien", Cristina asintió torpemente.

Paul se levantó y caminó hacia Cristina.

Ella entendió y se puso de pie también.

Paul era casi un pie más alto que ella.

Su físico se alzaba sobre el delgado y pequeño cuerpo de Cristina.

Él extendió la mano y se dieron un apretón de manos.

"Oficialmente tenemos un trato", dijo. "Espero la primera serie de comidas mañana a las 11:30 de la mañana. No llegues tarde. No tolero la desobediencia".

Ella tragó saliva.

"Sí señor."

CAPÍTULO 3

Cristina seguía impresionada por la reunión con Paul.

Se acostó en la cama y miró al techo.

La oferta parecía demasiado buena para ser verdad.

Era casi increíble.

Pero temía que hubiera sido una broma cruel, pensaba.

Levantó su teléfono y llamó a su madre.

Su madre siempre respondía sus llamadas en unos pocos tonos.

Cuando contestó al teléfono, Cristina no perdió el tiempo y se lo explicó todo.

No se escatimó ningún detalle.

Cristina le contó a su madre todo sobre la oferta y todas las sensaciones que tuvo al conocer a Paul.

"Eso es maravilloso", respondió su madre.

"Lo sé. Es algo loco, ¿verdad? Pero no creeré nada de esto hasta que su dinero esté en mi mano. Hasta entonces, imagino lo peor".

"Concéntrate en pensamientos positivos, Cristina. Tu negocio finalmente está despegando".

"Eso espero. Quiero decir, ¿100 dólares al día por dos comidas? Incluso si me despide la semana que viene, aún me alegraré de haber ganado tanto dinero".

"Yo no me preocuparía por eso".

"¿Qué quieres decir?" Cristina preguntó.

"Aparentemente, Paul tiene buenas reservas económicas".

"Me di cuenta. Su casa era como un museo".

"Ahí lo tienes. No tienes que preocuparte de que sus finanzas se acaben. Solo mantenlo contento con excelentes comidas, excelente servicio y no llegues tarde".

"¿Qué sabes sobre ese tipo?" Cristina preguntó en un tono más serio. "Parece un poco raro, ¿no?"

Su madre pensó por un momento.

"De alguna manera. Solo lo conocí una vez en una fiesta. Es un tipo muy inteligente. Sin tonterías. Directo".

"Definitivamente es él", bromeó Cristina.

"Sin embargo, no lo subestimes. Aparentemente es un encanto con las damas".

"¿De verdad?"

"Eso es lo que he escuchado. Asegúrate de mantenerte alejado de su encanto irresistible", bromeó.

"Muy graciosa", respondió Cristina. "Sin embargo, definitivamente no es mi tipo. Demasiado viejo. Y demasiado aburrido".

"Me alegra que tu negocio haya tenido un gran comienzo".

"Ya veremos."

"Concéntrate en pensamientos positivos, Cristina".

CAPÍTULO 4

Pasaron las semanas.

Cristina ya había preparado docenas de comidas para Paul.

Y ella había ganado miles de dólares durante ese tiempo.

La rutina diaria era siempre la misma.

Levantarse temprano por la mañana.

Cocinar.

Colocar todo cuidadosamente en contenedores.

Llevarlo a la casa de Paul antes de las 11:30 de la mañana.

Nunca llegar tarde.

Y nunca desobedecer.

Un día se le pidió a Cristina que preparara el almuerzo, que había traído, en un plato en la cocina.

Entonces ella lo hizo.

Era la primera vez que realizaba tareas en la cocina de Paul.

Estaba orgullosa de su comida.

Sabía que sabía muy bien, aunque Paul nunca le había felicitado por ella.

Él bajó las escaleras con ropa casual.

Como siempre, su rostro era casi inexpresivo.

Miró la comida presentada en la mesa del comedor y no se molestó en comentarla.

"¿Debería irme ahora?" Cristina preguntó torpemente.

"Quédate un momento. Hay algo que quiero preguntarte".

"Bueno."

Paul se sentó a la mesa del comedor mientras Cristina permanecía de pie.

"¿Qué otros servicios ofreces?" preguntó. "Además de cocinar".

Cristina se sorprendió y se mantuvo firme.

Se preparó para más insinuaciones.

Estaba preparada para el acoso sexual.

"Brindo un servicio de catering honesto. Cocino comidas gourmet. Eso es todo. Si está buscando otros servicios, le sugiero que busque en otro lado".

"¿Y por qué es eso?" preguntó con severidad.

"Honestamente, no eres mi tipo".

"Tú tampoco eres mi tipo".

Se sintió aún más ofendida.

"Mira, creo que nuestro arreglo está funcionando bien. Mantengámoslo así. Cualquier otra cosa no va a funcionar".

"¿Crees que estoy solicitando favores sexuales?" preguntó.

Cristina se congeló.

"¿No es así?"

"No lo creo."

Su cara se puso roja como la remolacha.

"Oh, lo siento señor".

"Olvídalo", respondió. "Lo pregunto porque mi criada se jubilará pronto. Si tienes tiempo extra, entonces tal vez podrías ayudarme con mis tareas de limpieza".

"¿Qué tendría que hacer?"

"Nada difícil. Limpiar los platos. Mantenerlo todo limpio".

"Tendré que pensar en eso."

"Serás bien compensada, por supuesto", respondió. "Y no te preocupes, no te pediré sexo. No eres mi tipo".

Ella se sonrojó de nuevo.

"Lo siento por lo de antes. Pero lo consideraré. ¿Por qué no?"

"Ten en cuenta la oferta. Mi trabajo está funcionando sin problemas y agradecería un poco de ayuda con el mantenimiento del hogar".

"No sales mucho, ¿verdad?"

"Ya viajé por el mundo y lo vi todo", respondió. "En esta parte de mi vida me concentro en mis escritos. A veces salgo. Todavía me encanta hacer ejercicio. Pero no quiero preocuparme por el mantenimiento del hogar. Pareces una joven capaz, así que te ofrezco trabajo extra".

Cristina asintió con la cabeza.

"Eso es muy generoso de tu parte."

"Con el dinero extra, podrías comprarte un nuevo guardarropa y un auto nuevo".

Ella se sintió un poco molesta por ese comentario.

"Lo entiendo. Necesito dinero. No tienes que restregármelo".

"No estaba tratando de hacerlo".

"Bien. Lo haré. Haré algunas tareas adicionales de limpieza para ti".

"Excelente", respondió con una rara sonrisa. "Discutiremos el suelo más tarde".

Ella caminó hacia Paul y extendió su mano para un apretón de manos.

Paul se levantó como un caballero y le dio la mano.

El trato estaba sellado.

SEGUNDA PARTE
LA PUERTA CERRADA

CAPÍTULO 5

Cristina logró encontrar algunos otros clientes para algunos trabajos pequeños.

Pero la mayor parte de su trabajo lo realizaba para Paul.

Ella preparaba sus comidas cada día de la semana.

Con el tiempo, ella comenzó a hacer más trabajos para él.

Ella hacía pequeños trabajos de limpieza por algún dinero extra.

Cristina siempre había sido una persona desorganizada para tareas domésticas, por lo que le resultaba irónico que estuviera haciendo las tareas del hogar para otra persona.

Pero el dinero era bueno, así que no le importaba.

Los platos tenían que limpiarse y disponerse de cierta manera.

Las ventanas tenían que estar impecables.

Los muebles tenían que estar libres de polvo.

Paul limpiaba los pisos él mismo.

Paul era una persona muy particular.

Y esos rasgos desquiciaban a Cristina a veces.

Pero el dinero era bueno.

En cierto modo, Cristina se sentía orgullosa de ayudar a Paul.

De alguna manera extraña, sentía como si estuviera ayudando a Paul a lograr su objetivo de poder escribir sus libros.

Ella se preocupaba por él como persona.

CAPÍTULO 6

La mesa del comedor estaba ordenada.

El almuerzo estaba preparado.

Cristina miró el plato y admiró su hermoso trabajo.

La escuela culinaria había valido la pena.

No podía esperar a que Paul lo probara, a pesar de que Paul nunca daba cumplidos.

Paul llegaba inusualmente tarde a la comida.

Nunca llegaba tarde.

La puerta de arriba estaba ligeramente abierta y Cristina escuchaba como el teclado se usaba furiosamente.

Ella sabía que él todavía estaba ocupado.

Ella caminó hacia la escalera y pensó si debería llamarlo o no.

Ella no quería interrumpir su trabajo.

Pero ella sabía que Paul era un hombre que necesitaba el orden.

¿Tal vez perdió la noción del tiempo?

Entonces ella la vio.

Cerca de la escalera, la puerta estaba abierta, ligeramente abierta.

Era una habitación que Paul había dicho que estaba prohibida.

Paul quería que limpiara todas las habitaciones excepto esa habitación.

La curiosidad de Cristina alcanzó su punto máximo.

Todavía escuchaba a Paul escribiendo arriba.

Ella quería echar un vistazo a la habitación secreta.

Quería conocer los pequeños secretos de Paul, sin importar cuán pequeños sean.

Ella estaba interesada en él.

Estaba interesada en el hombre al que había estado sirviendo durante semanas.

Dio unos pasos tranquilos hacia la puerta.

Ella asomó la cabeza hacia dentro.

El cuarto estaba oscuro.

Encendió el interruptor de la luz y la habitación quedó brillantemente iluminada.

Para sorpresa de Cristina, la habitación era el lugar menos elegante de la casa.

Pero todo parecían antigüedades.

Entró y miró a su alrededor.

Había una variedad de dispositivos de madera y metal.

Los diseños parecían ser de la época medieval.

Los aparatos parecían lo suficientemente grandes como para que una persona se sentara o se acostara.

Varios látigos y cadenas estaban colgando en la pared.

Había muchas sogas en una mesa cercana.

Cristina usó su dedo para tocar un dispositivo de metal.

Le pasó el dedo y lo miró.

La punta de su dedo estaba cubierta de una fina capa de polvo.

La habitación no había sido utilizada en mucho tiempo.

"No deberías estar aquí", dijo Paul desde atrás.

Cristina fue tomada por sorpresa por el sonido de su voz y dio un respingo.

Se dio la vuelta para ver a Paul de pie junto a la puerta.

"Oh, lo siento."

"¿No dije que esta habitación está fuera de tus tareas?" preguntó, caminando casualmente dentro.

"Lo sé. Pero estaba abierta y tuve curiosidad. Pensé que tal vez querías que la limpiara".

"No. Estaba planeando limpiarla yo mismo más tarde".

Cristina tragó saliva.

"Tu comida está lista. Está empezando a enfriarse".

"Puede esperar", respondió, caminando dentro de la habitación para mirar los dispositivos. "Debes preguntarte qué es todo esto".

"Parece una cámara de tortura medieval".

"Tienes casi razón. Algunas de estas cosas fueron construidas hace siglos durante la época medieval. Pero no necesariamente para la tortura".

"¿Entonces para qué?"

"Placer. Placer sexual", respondió sin rodeos.

Cristina se sorprendió.

"No puedo imaginar cómo. Estas cosas se ven tan dolorosas".

"Ese es el punto."

"¿Entonces son dispositivos de esclavitud, básicamente?"

El asintió.

"Estos fetiches han existido durante siglos. ¿Puedes creer que estos dispositivos fueron construidos para las familias reales y la nobleza?"

"No me sorprendería. La mayoría de las personas ricas son un poco depravadas".

Él levantó una ceja.

"¿Eso me incluye a mí?"

"Oh, no, no me refería a ti", ella retrocedió rápidamente.

"Sólo estaba bromeando."

Cristina se relajó.

"Por supuesto. Entonces, ¿por qué están todas estas cosas encerradas en esta habitación? ¿Por qué no las vendes a un museo o algo así?"

"Tal vez algún día. Pero por ahora, estoy escribiendo sobre ellas en mi libro. También estaba planeando tomarles fotos. Es por eso por lo que la habitación estaba abierta".

"Tu libro debe ser interesante".

"Eso espero", respondió. "He estado escribiendo sobre sexo. Del tipo de dominación y esclavitud sexual".

Cristina arqueó las cejas.

"¿En serio? No pareces el tipo de hombre para ese tipo de cosas".

"Entonces, ¿qué tipo de chico me parezco?"

"No lo sé. Blando. Fresa. Sin ofender".

"Ninguna ofensa", respondió. "Era una persona muy diferente hace años. No siempre estuve tan recluido".

"¿Qué cambió?"

Paul se frotó los dedos contra un dispositivo de metal.

"Es una larga historia. Puedes leer mi libro cuando termine de escribirlo".

"Bueno, lo espero con ansias. Parece que tienes algunas historias interesantes que contar".

"¿Sabes qué es un Amo?" preguntó.

"Solo lo básico", se encogió de hombros. "Un tipo que manda a las mujeres. Látigos. Cadenas. Nalgadas. Ese tipo de cosas, ¿verdad?"

"Más o menos. He sido un Amo para muchas mujeres sumisas. Mujeres hermosas con deseos oscuros".

"¿Les pegaste?" ella preguntó con curiosidad.

"A veces."

"¿Qué pasa con estos dispositivos?" ella preguntó. "¿Alguna vez los usaste en tus esclavas?"

"Ocasionalmente. Pero los métodos no son importantes. No se trata de las nalgadas o los dispositivos. Se trata de la rendición. Ellas me entregan sus cuerpos. Y hago lo que quiera con ellos. Al final, el placer es mutuo".

Cristina guardó silencio por un momento.

Miró a Paul directamente a los ojos y supo que cada palabra que estaba diciendo era verdad.

Ella sabía que era algo con lo que Paul tenía experiencia.

Ella sabía que era algo que Paul añoraba hacerlo de nuevo.

"Tu comida se está enfriando", dijo.

"¿Eso es todo lo que te importa?"

Ella se congeló un momento.

"Bueno, el catering es para lo que me contrataste, ¿no?"

"Eres una chica inteligente", dijo con una leve sonrisa. "Estás empezando a gustarme."

Paul se acercó y le dio a Cristina una palmada amistosa en el hombro.

Luego se dio la vuelta y salió de la habitación mientras Cristina se quedó confundida por el incómodo encuentro.

Ella lo siguió al comedor y lo observó comer.

CAPÍTULO 7

Más tarde aquella misma noche.

Era la llamada telefónica que Cristina había temido que llegara durante los últimos meses.

"¡¿Cómo?!" Cristina preguntó.

"Finalmente es la hora", respondió su madre. "Tu padre y yo ya no te apoyaremos financieramente. Sentimos que eres lo suficientemente mayor para valerte por ti misma".

"Te das cuenta de que vivir en la ciudad es caro ¿verdad?"

"Cariño, nadie te obliga a vivir en la ciudad. Siempre puedes acercarte a casa y encontrar algo más barato donde vivir".

"No, gracias", suspiró Cristina.

"No sé por qué estás actuando tan sorprendida. Te he estado poniendo sobre aviso durante los últimos meses. Cuando tenía tu edad, yo..."

"Los tiempos han cambiado mamá. ¿Has visto las noticias? Esta situación economía es difícil. El costo de vida es una locura"

"Pero tu negocio está despegando", respondió su madre.

"Apenas."

"Necesitas ser un poco más experta en negocios si quieres tener éxito. Hay tantos clientes potenciales en la ciudad. Todo lo que tienes que hacer es encontrarlos. Eres una gran cocinera y una buena persona. Tengo fe en ti, Cristina ".

"Sí, tienes razón. Estaba pensando en ir a contactar con varias compañías para ver si necesitan catering para fiestas".

"Ese es el espíritu emprendedor", respondió con orgullo su madre.

"Si la vida fuera tan fácil".

"Las cosas buenas vienen cuando eres persistente. Hablando de eso, ¿sigues trabajando con Paul? ¿Cómo va eso?"

"Va bien", dijo Cristina vagamente.

"¿Y bien? ¿Eso es todo? ¿Algún detalle interesante?"

"En realidad no. Cocino para él cinco días a la semana. Me paga mucho dinero por el servicio que brindo. Es una especie de tipo extraño".

"Mira quién habla", bromeó su madre.

"Graciosa."

"Solo estoy bromeando. Tienes razón. Paul parece un poco distante. Sin embargo, es un tipo inteligente".

"Definitivamente es una persona interesante", respondió Cristina. "Y él me mantiene empleada. Así que no me puedo quejar".

"Tampoco deberías hacerlo. Si deseas que tu negocio crezca, siempre debes dejar satisfechos a tus clientes. Eso siempre funcionó para mí".

Cristina se detuvo un momento.

"Sabes, me acabas de dar una idea".

"No estoy segura de que me guste cómo suena eso".

"Gracias mamá. Eres la mejor".

"Bueno, cuídate, Cristina. Siempre te estoy apoyando. Te amo".

"Yo también te amo mamá".

Después de que terminó la llamada, Cristina tenía un firme sentido de resolución.

Estaba decidida a tener éxito sin la ayuda de sus padres.

CAPÍTULO 8

Al día siguiente.

Cristina esperó atentamente mientras Paul se comía su almuerzo.

Ella limpió la cocina y se encargó de algunas tareas domésticas para él.

Cuando Paul terminó de comer, ella regresó al comedor y le quitó el plato.

Antes de que Paul tuviera la oportunidad de irse, ella se paró frente a la mesa del comedor con una postura respetuosa.

"He estado pensando", dijo Cristina con las manos juntas. "Este acuerdo realmente ha funcionado bien. He estado ocupándome de la mayoría de tus comidas y tareas domésticas, y para que puedas concentrarte en tu trabajo".

Paul se echó hacia atrás, sabiendo que se avecinaba una propuesta.

"Estoy de acuerdo. Esto ha estado funcionando bien. Mejor de lo que esperaba".

"Entonces, ¿cómo te sentirías si quisiera expandir mis tareas aquí? Por dinero extra, por supuesto".

"Ya estás haciendo más de lo que necesito. Y ya te estoy pagando un salario extremadamente generoso".

"Aprecio eso", dijo Cristina cortésmente. "Pero te beneficiarías más si hiciera más cosas por ti. El toque de una mujer siempre es útil para un hombre soltero".

Paul pensó por un momento.

"Es un punto interesante. Continúa".

"Estoy segura de que hay muchas otras cosas que podría hacer por ti".

"¿Como qué?"

Cristina quedó pensativa por un momento.

"Bueno, eso depende de ti. Tal vez podría limpiar esos dispositivos de la habitación cerrada. Esa habitación estaba polvorienta. Podría hacer un trabajo extra de limpieza. Y tal vez podría organizar una fiesta para ti".

"¿Por qué de repente estás tan interesada en más dinero?" Paul preguntó.

"Creo que podrías aprovecharte del toque de una mujer. Piensa en todas las fiestas que podrías organizar. A la gente le encantaría la comida. Tu vida social sería genial".

"Dime la verdad. ¿Por qué necesitas dinero extra?"

Cristina hizo una pausa por un segundo.

"Mis padres no me van a dar más efectivo. Y el alquiler en esta ciudad es abrumador. Si hay algo más que necesites que haga por aquí, estaría feliz de hacerlo".

Paul asintió con simpatía.

"Me gustas como persona, Cristina. Trabajas duro y te diviertes haciéndolo. Pero no voy a darte dinero gratis, especialmente cuando ya te estoy pagando generosamente".

"Entiendo", respondió Cristina, tratando de contener su tristeza. "Gracias por escucharme de todas formas. Volveré mañana".

"Todavía no he llegado a mi punto final", agregó. "Trataré de pensar en algo. Algo adecuado para tus habilidades y atributos. Cuando encuentre algo, te lo haré saber, y serás recompensada por ello. ¿Suena justo?"

Ella sonrió.

"Suena genial".

CAPÍTULO 9

Los días fueron pasando.

Paul nunca hizo una oferta.

Cristina nunca le preguntó porque no quería ser una molestia.

Ella preparaba el almuerzo de Paul como lo hacía normalmente.

Paul bajó las escaleras al comedor antes de lo habitual.

Se sentó y esperó mientras Cristina todavía estaba preparando todo.

"Se ve bien", dijo cuando Cristina trajo el plato de comida.

Realmente se sintió como un momento raro que él la felicitara.

"Gracias. Es cordero asado con una guarnición de verduras al horno".

Paul acercó un asiento a su lado.

"Siéntate. Hay algo que quiero discutir contigo".

Cristina se sentó y esperó lo que tenía que decir.

"He pensado en tu petición para más trabajo", dijo. "Especialmente sobre la necesidad de un toque femenino por aquí. De todos modos, iré directo al grano, podría usar algo tuyo de inspiración para mis escritos".

"¿Inspiración? ¿Cómo es eso?"

"Tal vez podrías posar para mí. He estado luchando con el bloqueo del escritor últimamente y me podría ayudar algo para mirar".

Cristina dio una expresión aprensiva.

"¿Estás seguro de que no quieres que organice una fiesta para ti o algo así? Eso probablemente funcionará mejor".

"No estoy interesado en organizar una fiesta", respondió, recostándose en su silla. "Lo siento, sólo pregunté. Fue inapropiado".

Ella pensó por un momento.

"¿Cuánto dinero ofrecerías?"

"Todo depende."

"¿De?"

"Del trabajo que realizaras", dijo. "Nunca antes había contratado un modelo. Pero sé que ayudaría con mis escritos".

"Oh, bueno, lo tendré en cuenta".

"No lo hagas. Fue un error preguntar. Si no te importa, me gustaría comer ahora. Tengo otras cosas que hacer más tarde".

"¡Lo haré!" Espetó Cristina.

"¿Qué?"

"El trabajo de modelaje que me ofreciste. Nadie lo sabrá, ¿verdad? Se queda estrictamente entre nosotros, ¿verdad?"

"Así es", asintió. "No habrá ningún registro de ello. Solo necesito la inspiración".

"Estoy interesada."

Paul dio un leve suspiro.

"No creo que entiendas. Fui apresurado en mi oferta. No creo que mis gustos sean para ti".

"¿Por qué no?"

"Porque te veías muy incómoda en la sala de dominación".

Cristina estaba un poco desconcertada.

De repente se dio cuenta de que Paul estaba buscando inspiración para sus historias de dominación.

Pero independientemente de eso, pensó en el dinero.

"Puedo aprender a sentirme cómoda con eso", respondió ella. "Solo dame tiempo. Mientras nadie lo sepa, estaré bien".

Paul le dio una mirada larga y escéptica.

"Como quieras. Preséntate aquí mañana a las ocho y media de la mañana. Resolveremos las cosas a partir de entonces".

"Gracias."

Cristina se levantó y extendió su mano para un apretón de manos.

Paul extendió la mano y le estrechó la suya.

CAPÍTULO 10

Más tarde esa misma noche.

Cristina estaba en la cocina preparando las comidas para el día siguiente.

Sabía que no tendría tiempo de hacerlo al día siguiente ya que Paul esperaba que ella estuviera allí a las ocho y media de la mañana.

Después de que todo estuvo preparado, Cristina se miró en el espejo.

Se preguntó si era lo suficientemente bonita para modelar para Paul.

Se preguntó qué sorpresas habría en la sala.

Si sería dulce o no.

Y se preguntó de cuánto dinero estaríamos hablando.

Paul siempre había sido generoso con los pagos financieros.

Sobre todo, se preguntó cuánta dominación quería ver Paul.

El lado racional de Cristina controlaba la situación: el dinero es bueno.

Y nadie lo sabrá nunca.

Mi pequeño secreto con Paul.

Se desnudó y se probó unos atuendos bonitos delante del espejo del dormitorio.

Finalmente se decidió por un sencillo vestido amarillo.

No era demasiado revelador.

Y no era demasiado mojigato tampoco.

Era el justo medio.

Se cepilló el pelo y pensó en cuánto maquillaje usar.

Entonces ella decidió no hacerlo.

Haría la situación demasiado incómoda.

Todo estaba dispuesto.

Ella estaba lista para el trabajo.

CAPÍTULO 11

La mañana del día siguiente.

Cristina apareció en la casa de Paul a las ocho y cuarto.

Ella quería asegurarse de que estar preparada con antelación.

Ella llevaba su vestido amarillo.

Su cabello estaba bien peinado y su rostro estaba limpio de maquillaje.

Ella ya era bonita de forma natural.

Después de que Cristina colocó los contenedores de comida dentro del frigorífico en la cocina, se sentaron juntos en la sala privada, en los aparatos de madera.

"¿Qué tienes en mente?" Cristina preguntó.

"Depende. ¿Cuáles son tus límites?"

Cristina se encogió de hombros.

"No lo sé. Nunca he hecho este tipo de cosas antes".

"Entonces supongo que será mejor que lo descubramos".

Los ojos de Cristina recorrieron brevemente la habitación de nuevo.

Era la habitación más insulsa de la casa.

Las paredes estaban lisas.

Pero había dispositivos antiguos de varios tamaños y formas.

Todos ellos parecían tan intimidantes.

"Mantendré la mente abierta", dijo. "Pero no me gusta el dolor. Y no quiero que me presiones demasiado rápido. No hay necesidad de apresurarse. ¿De acuerdo?"

El asintió.

"Gracias por ser clara. Debes saber que soy un hombre muy paciente. Lo he hecho durante muchos años con innumerables mujeres sumisas. Nunca presiono más a menos que ella esté lista".

Esas palabras enviaron un extraño sentimiento por la columna de Cristina.

No podía dejar de pensar en la frase "mujeres sumisas".

En cuestión de un momento, ella se dio cuenta que muy bien podría estar en la misma posición que esas 'mujeres sumisas'.

"Está bien", asintió ella. "Gracias. Entonces, ¿cómo deberíamos comenzar?"

Paul se levantó y paseó lentamente por la habitación, mirando cada uno de los dispositivos mientras Cristina permanecía sentada en una posición recatada.

Él miraba cada dispositivo de una manera tal que puso nerviosa a Cristina.

"¿Alguna vez has estado atada antes?" Paul preguntó.

Cristina sacudió la cabeza.

"Obviamente no."

"¿Te gustaría estarlo?"

"No lo sé."

Hizo un gesto hacia la mesa de madera.

"¿Por qué no lo intentamos?"

"No lo sé", ella se encogió de hombros nerviosamente.

"¿Es esto demasiado para ti? Necesito ver algo para inspirarme. Observarte sentada allí no me va a ayudar mucho".

Cristina se levantó lentamente y respiró hondo.

"Haré lo que quieras."

"¿Estás segura? Cristina, no quiero que hagas algo con lo que no te sientas cómoda. Puedo encontrar otras formas de pagarte".

Ella tomó otra respiración profunda.

"No, estoy segura. llegamos a un acuerdo para modelar, y tengo la intención de seguir adelante".

"¿Estás segura?"

"Si totalmente."

"Entonces recuéstate", dijo Paul, señalando hacia la mesa de madera.

La mesa se veía dolorosamente incómoda.

Parecía vieja y rústica.

Pero era lo suficientemente baja como para que una persona pudiera acostarse fácilmente sobre ella.

Había viejas barras de metal en cada lado de la mesa, lo que le daba a Cristina una sensación incómoda.

Poniendo los sentimientos a un lado, se recostó sobre la mesa.

Fue doloroso e incómodo como ella esperaba.

Estaba convencida de que la mesa estaba diseñada para la tortura, no para el placer.

Se preguntó cómo alguien podría sentir placer por tal cosa.

Se tumbó en el centro de la mesa y miró directamente al techo.

"Voy a atarte las muñecas", dijo él, parándose sobre su cabeza.

Ella permaneció en silencio por un momento mientras miraba la figura de Paul parada sobre ella.

"Está bien", respondió ella, levantando las muñecas. "Adelante."

Paul tomó suavemente sus muñecas y las llevó a la barra de metal sobre la mesa.

La barra estaba fría como ella esperaba.

La textura contra su piel no era muy suave, lo que era una señal de que la barra se hizo hace mucho tiempo, antes de la maquinaria moderna.

Sintió que le ataba las muñecas a la barra con una cuerda gruesa.

Cristina no se molestó en mirar.

Ella mantuvo sus ojos en el techo.

"¿Duele?" preguntó.

"No, estoy bien."

Sus pasos se oyeron por la habitación.

Cristina no se molestó en mirar a Paul.

Pero se preguntó qué debía estar pensando Paul.

Verla con un bonito vestido, con las muñecas atadas, debe de ser excitante para Paul, pensó.

"Dime otra vez", dijo. "¿Cuál es tu límite?"

Ella tragó saliva.

"Simplemente no me hagas daño".

"¿Puedo abrir tu vestido?" preguntó con voz suave.

"No, eso no."

"Entonces supongo que tienes otros límites", respondió con una leve sensación de diversión.

"Supongo."

"¿Puedo tocarte?" preguntó. "Está perfectamente bien si te niegas. Pero ya que hemos llegado hasta aquí, y ciertamente te ves atractiva".

"Si quieres", respondió tímidamente.

"No se trata de lo que quiero. Se trata de con lo que te sientas cómoda".

Luchó con sus pensamientos por un momento.

"Estoy cómoda con eso. Está bien. Adelante, si quieres. Quiero decir, estoy cómoda con eso".

"¿Estás segura, Cristina? No quiero presionarte si no estás cómoda".

"Siempre y cuando tú, ya sabes..."

"¿Siempre y cuando te compense financieramente?" preguntó, medio divertido.

Su tono y fraseo hicieron que Cristina se sintiera aún más incómoda.

"Sí", respondió ella.

"No tienes que preocuparte por eso".

Cristina esperaba alguna broma sarcástica más en respuesta, pero Paul había terminado de hablar.

Él caminó hacia ella mientras continuaba acostada sobre la mesa.

Cristina lo vio mirando su cuerpo.

Estaba claramente nerviosa.

Ella no sabía lo que él estaba planeando.

Sus ojos se deleitaron y vagaron por su cuerpo.

Finalmente se decidió.

E hizo su movimiento.

Paul se agachó y tocó la rodilla de Cristina.

Fue un toque repentino que la tomó por sorpresa.

Ella se estremeció.

"¿Estás bien, Cristina?"

"Estoy bien. Simplemente, no esperaba eso".

Él deslizó su mano más abajo por su muslo.

Su mano se deslizó más profundamente hasta que quedó debajo de su falda amarilla.

A Cristina le incomodaba, pero también la hacía sentir un hormigueo entre las piernas.

Sus ojos permanecían enfocados en el techo.

"¿Te importa si continuamos más?" preguntó. "Ya hemos llegado hasta aquí".

"Adelante. No me importa".

"¿Estás segura?"

"Estoy segura."

Paul levantó la falda de Cristina y la empujó hacia arriba.

Sus bragas estaban expuestas.

Paul deslizó su mano debajo de las bragas de Cristina.

Naturalmente, ella se estremeció de nuevo, pero se contuvo.

La mano de Paul frotó su entrepierna.

El cuerpo y los pies de Cristina se tensaron.

"Tienes que relajarte", dijo Paul. "De lo contrario, esto no servirá para mucho".

"Bueno."

Cristina hizo todo lo posible para relajar su cuerpo.

Sus ojos permanecían en el techo.

Se sentía demasiado avergonzada para mirar a Paul.

Ella simplemente le permitió acariciar su entrepierna.

Ella jadeó cuando Paul jugó con su clítoris.

Fue un movimiento que no había esperado.

Su instinto natural era alcanzar y alejar la mano de Paul, luego cubrirse, y luego abofetear a Paul en la cara, pero las cuerdas alrededor de sus muñecas estaban apretadas.

Ella dio un suave tirón, pero fue en vano.

"¿Estás tratando de salir?" Paul preguntó. "Si quieres salir, solo dímelo y te desataré de inmediato".

"Lo siento. Fue una reacción instintiva".

"Bueno, no reacciones así. Esa no es la reacción que quiero".

"Está bien perdón."

Los dedos de Paul se movieron con un furioso movimiento circular sobre el clítoris hinchado.

Cristina no tuvo más remedio que jadear.

Estaba demasiado sorprendida como para contener sus sentimientos.

Los dedos no se detuvieron.

Fue un lindo placer.

Ella cerró los ojos y disfrutó del placer de Paul.

Fue una sensación de hormigueo que fluyó por su cuerpo.

"Puedo decir que estás cerca", dijo. "Relájate. Casi ha terminado".

Con los ojos aún cerrados, Cristina se permitió disfrutar de los dedos de Paul mientras se deleitaban con su delicado y pequeño clítoris.

Pasaron momentos antes de que los dedos de Cristina se pusieran rígidos.

Cortos ruidos jadeantes escaparon de sus labios.

Sus ojos se apretaron con fuerza.

Sus músculos se contrajeron.

Fue un orgasmo bien merecido por todas las tensiones en su vida.

Finalmente, su cuerpo se relajó y Paul retiró la mano de sus bragas.

Él movió su vestido nuevamente a su posición correcta.

Le dio una palmadita a Cristina en el muslo, como si hubiera hecho algo bien.

"Ciertamente lo disfrutaste", dijo Paul mientras comenzaba a desatarle las muñecas.

Cristina se sintió liberada.

Se puso derecha y se frotó las muñecas, que estaban ligeramente rojas y dolorosas por la cuerda.

El sentimiento orgásmico ayudó a contrarrestar el dolor.

"Me gustó", respondió ella. "Fue agradable. Realmente agradable. Dios, no me he sentido así en mucho tiempo. Quiero decir, no tan bueno como lo hiciste".

"Me alegra que lo hayas disfrutado. Me trajo muchos recuerdos, lo que me ayudará con mi escritura. Fuiste una pequeña inspiración maravillosa para mí".

"Siempre me alegra estar a tu servicio".

"Excelente", asintió. "Me aseguraré de agregar un bono en tu cheque a fin de mes. Creo que has ganado cinco mil dólares adicionales por esto".

Sorprendentemente, Cristina sintió un sentimiento de vergüenza.

Ella sabía que Paul tenía buenas intenciones.

Apreciaba los cinco mil adicionales, que era mucho más de lo que esperaba.

Pero un sentimiento de culpa la invadió, como si acabara de vender su cuerpo y su sexualidad por dinero fácil.

Eso la hacía sentir impura y sucia.

"No soy una puta", soltó, y luego se arrepintió al instante.

"Nunca dije que lo fueras".

"Lo siento", respondió ella. "Realmente aprecio todo. Pero nunca he usado mi cuerpo así, ya sabes, para ganar dinero".

Paul sacudió la cabeza, decepcionado consigo mismo.

"No lo sientas. Esto es mi culpa. Fui apresurado contigo. No debería haberte pedido que modelaras para mí".

Cristina se levantó y se arregló el vestido.

"Lo disfruté", dijo. "Realmente lo hice. Pero fue un poco extraño para mí. ¿Quizás podamos hacerlo alguna otra próxima vez? Solo un poco más lento".

"No lo creo. Esto claramente no es para ti".

Cristina dio una mirada tímida mientras la sensación del orgasmo todavía fluía por su cuerpo.

"Prepararé tu almuerzo ahora", dijo.

"Puedo hacerlo yo mismo. Puedes irte".

Ella asintió obedientemente.

"Me alegro de que hayamos hecho esto".

"Yo también", respondió. "Pero nunca deberíamos hacer esto otra vez. Nos vemos el lunes".

Cristina asintió, sabiendo que Paul ya había tomado una decisión firme.

Ahora había una sutil incomodidad entre ellos.

Después de intercambiar algunas palabras más, se fue preguntándose qué estaría pensando Paul de ella.

TERCERA PARTE
EL NUEVO TRABAJO

42

CAPÍTULO 12

Más tarde aquella misma noche.

Cristina se sentó frente a su computadora y buscó formas de solicitar nuevos clientes.

Envió al menos una docena de correos electrónicos a diferentes compañías para promover su negocio de catering.

No esperaba mucha respuesta, pero valía la pena intentarlo y no tenía nada que perder.

El teléfono sonó.

Era su madre que la que llamaba para revisar nuevamente.

Hicieron su charla habitual y no había mucho que decir.

"Dirigir mi propio negocio es difícil", se lamentó Cristina.

"¿Esperabas que fuera fácil?"

"No sé lo que esperaba. No me importa trabajar duro. Me encanta cocinar para otras personas. Pero, Dios, necesito más clientes".

"En mi experiencia, el negocio es a quién conoces", respondió su madre. "Muchos negocios provienen de conexiones personales. Así que sal y trata de conocer gente nueva en lugar de buscar en línea".

"Tiene sentido, supongo".

"¿Supongo? ¿Cuándo me equivoco?"

"No lo sé."

"No suenes tan deprimida, Cristina", dijo su madre. "Mucha gente lucha con un nuevo negocio. Solo sigue intentándolo".

"Gracias mamá."

"¿Cómo van las cosas con Paul? ¿Todavía te paga generosamente?"

"Es complicado", suspiró Cristina. "Pero sí, él todavía paga bien".

"Parece un tipo complicado".

"No sabes ni la mitad".

Hubo una pausa en el teléfono.

"¿Ha intentado algo contigo?" preguntó su madre con cautela.

Cristina se apresuró a mentir.

"De ninguna manera. Por supuesto que no".

"Puedes decirme la verdad. Estoy aquí para ti".

"Mamá, él no es de mi tipo. Si alguna vez hiciera un movimiento, lo golpearía en la cabeza con lo que haya cocinado ese día".

"Eso suena como el espíritu de la Cristina que conozco", se rió entre dientes su madre.

"Hipotéticamente hablando, ¿y si lo hiciera? Quiero decir, ¿cómo te sentirías al respecto?"

"¿Si Paul hiciera un movimiento?"

"Sí", respondió Cristina. "¿Cómo te sentirías?"

Hubo otra pausa en la línea.

"Supongo que depende de ti. Si te invitó a salir, esa es tu decisión".

"¿De verdad?"

"Esa es tu decisión, Cristina. Pero si él intentara tocar tu trasero en la cocina, entonces te sugeriría que viertas un poco de tu famosa salsa caliente sobre su cabeza".

"Por supuesto que sí", respondió Cristina con una voz sarcástica.

"Parece que tienes algo en mente".

"Ya no. Gracias mamá, eres la mejor. Te tengo que dejar".

"Adiós te quiero."

"Yo también te amo mamá".

La llamada terminó y Cristina se recostó en su silla.

Pensó en Paul y el orgasmo que recibió ese día.

Todavía recordaba los sentimientos vívidamente.

Cada toque, cada emoción.

La sensación de la madera dura contra su cuerpo.

La sensación de la mano de Paul contra su coño.

Y, sobre todo, el orgasmo.

La dominación nunca fue lo suyo, pero se sintió bien.

Buscó en línea y buscó diferentes términos.

La hizo sentir como una estudiante universitaria nuevamente mientras investigaba.

Hizo varias búsquedas sobre la esclavitud y sus placeres.

Ella miró varias imágenes.

Eso la excitó de nuevo y deslizó una mano por sus bragas.

CAPÍTULO 13

El lunes por la mañana.

Cristina hizo un esfuerzo por verse bien cuando fue a la casa de Paul.

Llevaba un vestido azul y su cabello estaba bien peinado.

Paul no prestó mucha atención a su apariencia cuando abrió la puerta para dejarla entrar.

"¿Podemos hablar?" Cristina preguntó. "Sobre negocios quiero decir".

"Por supuesto."

"Genial. Espera".

Cristina puso la comida en la cocina y fue a la espaciosa sala de estar donde Paul se había sentado.

Ella se sentó frente a él.

"He estado pensando mucho durante el fin de semana", dijo. "Sobre nuestra relación".

"Yo también", dijo, sin dejar que ella terminara sus pensamientos. "Creo que deberíamos terminar con esto. Para mí está claro que nuestra relación comercial se ha visto comprometida. Ya he comenzado a buscar un reemplazo para las necesidades de mi hogar".

Cristina se quedó congelada por un momento mientras las noticias le hundían lentamente.

"¿Qué? No. Eso no es lo que quería".

"Creo que es lo mejor", respondió. "Eres una joven brillante. Encontrarás tu lugar en este mundo".

La mirada atónita permaneció en su rostro. "

Esto no es lo que esperaba escuchar. Pensé que nuestra conversación iba a ser muy diferente".

"¿Que estabas esperando?"

"Vine aquí para decirte que estaba interesada en continuar, ya sabes, lo que hicimos el viernes pasado".

Él arqueó una ceja.

"¿En serio? ¿Y por qué quieres eso?"

"¿Realmente tengo que decirlo?"

"Si."

Ella respiró hondo.

"Obviamente disfruto trabajando aquí. Disfruto de los beneficios. Creo que eres un gran jefe, el mejor que podía tener. Y lo que hicimos la semana pasada, en la sala, realmente me gustó. Creo que al principio tenía miedo, pero pensé mucho, y no me importaría si continuamos ".

"Interesante."

"¿Eso crees?" ella preguntó.

"No eres tan tímida como pensaba. Nunca hubiera esperado que vinieras y me dijeras directamente estas cosas. Estoy impresionado".

Ella sonrió, "gracias".

"¿Qué debería pasar después?"

"No lo sé", se encogió de hombros torpemente. "Eso depende de ti. Pero me gustaría que nuestra relación comercial continuara".

"Sé valiente, Cristina. Dime qué pasa después. En este mismo minuto. Quiero saber qué tienes en mente. Sorpréndeme".

Ella reunió su coraje y le dio a Paul una mirada de determinación.

Sus labios se apretaron y su nariz se encogió ligeramente.

Sus ojos estaban fijos en Paul, que estaba estoico, esperando que ella hiciera algo audaz.

Cristina se levantó y se cepilló el vestido con las manos.

Sus dedos se envolvieron alrededor de los tirantes de su vestido.

Apartó las correas y movió su cuerpo, permitiendo que el vestido cayera al suelo.

Se paró frente a Paul en su sostén blanco y bragas, con su hermoso vestido alrededor de sus tobillos.

"¿Qué estás haciendo?" preguntó sin emoción.

"Estoy mostrando mi dedicación al trabajo".

"Tal vez me has entendido mal. No creo que este sea el camino correcto para ti".

"No me estás diciendo que pare", respondió ella. "Y tampoco te escucho quejarte".

Los ojos de Paul vagaron por su cuerpo escasamente vestido.

Ella tenía una constitución promedio, un poco delgada.

Senos pequeños y caderas estrechas.

Estaba claro que rara vez hacía ejercicio ya que su tono muscular era débil.

"Eres bastante atractiva", señaló.

Se quitó el vestido y dio varios pasos hacia adelante hasta que se paró directamente frente a Paul.

"Aquí está el trato", dijo con valentía. "El nuevo trato. Seré tu proveedora exclusiva. También seré tu modelo cuando creas que sea necesario. Puedes hacer que me corra si quieres. Si me siento realmente bien, te devolveré el favor gratis ".

Él levantó una ceja.

"¿Me devolverás el favor?"

"Te haré que te corras. Gratis. Yo no soy una prostituta. Piensa en ello como una gratificación de una receptora agradecida ".

"Suena como una relación comercial inusual".

"Ya hemos cruzado la línea de todos modos", dijo.

"Tendré que considerarlo".

Cristina se agachó y agarró la muñeca de Paul, llevando su mano a sus bragas.

Él tocó el exterior de sus bragas y se frotó entre sus piernas.

"Piensa rápido", dijo ella. "De lo contrario, retiraré la oferta".

Él dio una sonrisa a medias.

"La nueva y audaz Cristina. Me gusta".

"A mí también."

Paul presionó sus dedos con más fuerza contra las bragas de Cristina.

Ella gimió por el toque caliente.

Ella gimió aún más cuando Paul deslizó su mano dentro de sus bragas, tocando su coño desnudo.

Estaba excitada, y no había duda al respecto.

"Estás mojada", notó, mirándola.

"Lo sé."

"Quítate el sostén. Déjame verte".

Cristina extendió la mano para desabrocharse el sujetador y lo arrojó al sofá.

Sus pequeños pechos turgentes fueron liberados.

Sus pezones eran rosados y pequeños.

Se endurecieron rápidamente por el aire frío y la evidente excitación sexual.

Ella resistió el impulso de cubrirse los senos con las manos porque siempre se había sentido insegura sobre su pecho.

Pero ella trató de ser valiente y empujó su pecho hacia adelante.

"¿Te gustan?" ella preguntó.

"Me encantan los senos de cada mujer. Cada uno es único y especial a su manera. El tuyo no es una excepción. Son encantadores".

"Gracias Señor."

"¿Señor?" preguntó retóricamente. "Creo que sabes lo que me gusta."

"¿Y qué te gusta?" ella preguntó tímidamente.

"Propiedad."

"Oh..."

Paul usó ambas manos para tirar de las bragas de Cristina al piso, dejando a la chica completamente desnuda, de pies a cabeza.

Se puso de pie y tomó a Cristina de la mano.

"Sígueme", dijo. "Hay algo que me gustaría mostrarte".

Condujo a Cristina por el pasillo mientras sostenía su mano de una manera romántica.

Cristina estaba nerviosa, pero siguió su paso.

Ella sabía que se dirigían hacia la sala de esclavitud.

La idea la hizo excitarse y ponerse nerviosa.

La puerta estaba entreabierta y Paul la abrió.

Encendió las luces y entraron.

El aire estaba frío, lo que hizo que los pezones de Cristina estuvieran aún más duros.

Su mirada paso a su alrededor y se preguntó qué había planeado Paul.

"Tienes un nuevo conjunto de responsabilidades", dijo Paul. "Espero completa obediencia. Te espero desnuda en todo momento. ¿Entendido?"

"Si entiendo."

"Inclínate sobre la mesa", dijo. "Sobre tu estómago. Voy a atarte. Quiero que vuelvas a correrte".

"Sí señor."

Cristina miró la mesa intimidante.

Era una mesa diferente a la anterior.

Pero parecía igualmente incómodo y doloroso.

La madera parecía vieja, y el marco de metal también.

No tenía sentido quejarse.

Ella hizo lo que le dijo y puso los pechos desnudos y el estómago sobre la mesa de madera.

Fue más incómodo de lo que esperaba.

La madera estaba fría y le picaba en los sensibles pezones.

Sus ojos miraron al suelo.

Escuchó a Paul caminando por la habitación antes de acercarse a ella.

"Voy a atarte", dijo. "Relaja los brazos y las piernas. Este es un proceso simple si estás tranquila".

"Bueno."

"¿Estás segura de que quieres esto?"

"Sí", respondió ella.

"¿Por qué?"

"Porque quiero correrme de nuevo".

Cristina no recibió respuesta.

En cambio, sintió que Paul ataba cada uno de sus tobillos al frío marco de metal de la mesa.

Era incómodo y un poco aterrador.

Cada nudo estaba muy apretado.

La cuerda era gruesa, lo que lastimaba su piel.

El mismo proceso se realizó en sus muñecas.

Cada muñeca estaba atada al marco de metal de la misma manera.

Cuando terminó, sus tobillos y muñecas estaban fuertemente atados a la mesa.

Estaba boca abajo con el estómago desnudo y los senos presionados fuertemente sobre la superficie de madera.

Era una sensación bastante aterradora saber que le había dado a Paul poder absoluto sobre su cuerpo.

Ella estaba clara y completamente indefensa.

Algo golpeó su trasero desnudo.

Se sintió duro, pero a la vez suave.

No estaba segura de qué era.

Entonces sintió los dedos de Paul rozar su trasero.

"¿Te importa si te toco así?" preguntó, sabiendo la respuesta.

"No."

"Bien. Me gusta tu piel. Eres muy tierna ..."

La mano de Paul vagó por su trasero, sintiendo cada curva.

Él masajeó cada una de sus nalgas con sus fuertes manos.

Entonces sintió que algo duro tocaba su trasero de nuevo.

Tenía una superficie curva lisa.

"¿Qué es eso?" ella preguntó.

"Es un vibrador. ¿Alguna vez has usado uno antes?"

"No."

"¿Te gustaría sentirlo?"

"Estoy abierta a eso".

"Buena chica."

Un zumbido de repente sonó en la habitación y envió un escalofrío por la columna de Cristina.

Sus ojos permanecieron fijos en el suelo mientras escuchaba el zumbido.

Su cuerpo se sacudió violentamente en el momento en que el zumbido tocó la punta de su clítoris.

Fue doloroso, de mala manera y de buena manera.

Ella trató de luchar contra ella, luchando contra las cuerdas, lo que era inútil.

El zumbido se detuvo.

"¿Terminamos esto?" preguntó.

"No. Por favor, no. Dejaré de moverme".

"Contrólate Cristina".

El zumbido regresó cuando el vibrador se activó nuevamente.

Tocó su clítoris, y Cristina hizo todo lo posible para permanecer quieta.

Luchó contra los impulsos de luchar mientras aceptaba la sensación de vibración contra su área más sensible.

Hizo que sus dedos se curvaran violentamente.

Apretó los dientes cuando cerró la mandíbula.

Sus puños se apretaron fuertemente.

Tener su clítoris torturado con un vibrador era lo último que esperaba.

Zumbó y zumbó.

La punta del vibrador se sostuvo contra su clítoris hasta que pensó que iba a explotar.

Justo antes de que ella estuviera a punto de gritar de agonía, Paul movió el vibrador y lo empujó dentro de su coño.

Fue un sentimiento surrealista.

Había pasado mucho tiempo desde que la habían penetrado con algo más que sus dedos.

La vibración dentro de su coño era una mezcla de dolor y placer.

Paul hábilmente empujó y tiró del juguete sexual.

Cristina hizo todo lo posible para no gritar.

"¿Te estas divirtiendo con esto?" preguntó en broma.

Cristina jadeó.

"Yo ... yo ... uh ..."

"¿Si o no?"

"¡Sí! Dios, sí".

Paul empujó el dispositivo aún más dentro del coño de Cristina, haciéndola jadear más.

Estaba casi sin aliento cuando entró en su cuerpo por completo.

Sus brazos y piernas tiraron de las cuerdas, pero fue en vano.

Estaba atrapada con el poderoso vibrador dentro de su vagina húmeda.

"¿Estás cerca?" preguntó.

Ella luchó por las palabras.

"Si casi..."

"Corre para mí, nena".

El vibrador fue empujado y jalado dentro del coño de Cristina sin piedad.

Ella trató de relajar su cuerpo, lo que siempre le facilitaba el orgasmo.

Ella hizo todo lo posible para relajar los músculos vaginales del estiramiento, permitiendo que Paul se saliera con la suya.

Su orgasmo era inminente debido al vibrador.

Y era un orgasmo diferente a todos lo que había sentido antes.

Estar atada y azotada mientras un objeto vibrante empujaba dentro de su coño era una combinación potente.

Los dedos de los pies de Cristina se arquearon más y sus puños se apretaron más fuerte.

Cada músculo de su cuerpo se contrajo.

Sus jadeos y gemidos se volvieron más duros.

"Oh, Dios mío ... Oh, Dios mío ... Oh, Dios mío ..."

De repente, el dispositivo se cambió a una velocidad más alta y las vibraciones se hicieron mucho más fuertes.

Cristina gritó por la poderosa vibración al ser empujada y jalada en su coño.

Ella lloró.

Luego sollozó incontrolablemente cuando llegó al clímax.

Una oleada de fluidos brotó del interior de su coño, haciendo un desastre en la mesa y dejando un charco en el piso duro.

Más empujes vinieron del vibrador de potencia hasta que los fluidos se detuvieron.

Paul retiró el vibrador del coño de Cristina, que hizo un fuerte zumbido.

Luego lo apagó.

Cuando el asalto vaginal finalmente terminó, el coño de Cristina era un desastre goteante.

Su humedad era como un pequeño río orgásmico.

Su coño brillaba por sus fluidos vaginales.

La mesa estaba mojada.

Y los fluidos caían al suelo como un grifo que gotea.

Cristina apenas estaba consciente mientras recuperaba lentamente la compostura.

Fue, con mucho, el mejor orgasmo que había experimentado en su vida.

Oyó los pasos de Paul acercándose a su cabeza.

Paul se inclinó y besó su cabello.

Se preguntó por qué Paul aún no la había desatado.

"Estamos ... hemos ... terminado ..." se las arregló para hablar.

"Todavía no. ¿Recuerdas tu promesa?"

"¿Cuál de ellas?" ella gimió.

"Dijiste que, si hacía que te corrieras, entonces me devolverías el favor. Entonces, ¿cómo se sintió tu orgasmo?"

"Un ... jodido ... increíble", soltó.

Paul le sonrió.

"Buena chica. Ahora, ¿tienes ganas de devolverme el favor?"

"Sí señor. ¿Me va a desatar?"

"Me gustas en esta posición".

Cristina escuchó el sonido de los pantalones de Paul al abrirse.

Ella sabía exactamente lo que Paul quería.

Seguía de pie junto a su cara, lo que significaba que no estaba interesado en follarla, al menos no en ese día en particular.

Miró hacia arriba cuando Paul se acercó a su cara.

Ella vio su polla dura apuntando directamente a sus labios.

Era obvio lo que quería.

Con un corazón lujurioso, Cristina abrió la boca mientras Paul daba otro paso adelante, entrando entre sus labios.

No hubo ningún proceso de sentimiento y no hubo tiempo para adaptarse.

Paul simplemente empujó sus caderas hacia adelante para que Cristina pudiera chupar como debería hacerlo una buena sumisa.

"Dios mío. Tienes los labios como de un ángel", dijo, impresionado por lo que sentía en su polla.

El sexo oral nunca fue cosa de Cristina.

Nunca fue muy buena en eso, y nunca fue su preferencia hacerlo.

Pero con Paul, estaba ansiosa por complacerle.

Especialmente con la poderosa sensación orgásmica que todavía fluía por su cuerpo.

Su falta de habilidades no era un problema ya que su cuerpo todavía estaba atado a la mesa.

Paul hizo todo el trabajo, empujando suavemente sus caderas de un lado a otro.

Todo lo que necesitaba era una boca cálida para follar.

Lo único que Cristina tuvo que hacer fue mantener sus labios apretados alrededor del miembro duro de Paul y chupar.

"Joder, me voy a correr", gruñó Paul. "Y te lo vas a tragar".

Su sentido de mando era excitante para Cristina, por una razón que ella no podía entender.

Sintió las manos de Paul frotando su cabello mientras chupaba.

Sintió que su miembro se volvía aún más rígido dentro de su boca.

Ella hizo todo lo posible para usar su lengua en su miembro, que siempre le habían dicho que se sentía bien.

La polla se hundía en su boca, lo que la hizo tener náuseas.

El reflejo nauseoso era terrible.

Pero Paul imaginaba cuánto Cristina era capaz de soportar, por lo que nunca presionó demasiado.

Era la señal de un profesional, pensó para sí misma.

Ella observó cómo Paul se acariciaba al orgasmo, mientras la punta de su erección todavía estaba dentro de su boca.

Ella mantuvo sus labios bien cerrados alrededor de él.

Paul gruñó mientras la acariciaba furiosamente.

Segundos después, su lengua estaba cubierta con el semen de Paul.

Chorro tras chorro.

Tenía un sabor distinto.

Ella tragó saliva para evitar que su boca se desbordara.

Segundos después, el fujo de semen se detuvo y Cristina se lo tragó todo.

"Dios mío", dijo Paul, sacando su polla de su boca. "Eso fue maravilloso. ¿Dónde aprendiste a chupar así?"

Se encorvó por un momento, antes de ponerse de pie para cerrar sus pantalones.

Luego se agachó para desatar a Cristina.

Cuando fue liberada, se acarició sus propias muñecas y tobillos, que tenían marcas de color rojo oscuro.

Rápidamente se dio cuenta en que todavía estaba completamente desnuda y que ya no le importaba.

Le gustaba estar desnuda frente a Paul.

"Realmente disfruté toda la experiencia", señaló con confianza.

Paul le tocó el cuello y le dio un beso en la frente, luego más en las mejillas.

Finalmente, plantó varios besos en su cabello.

"Yo también. Nuestra asociación va a funcionar muy bien. Piensa en todas las posibilidades que podemos compartir juntos".

"Lo sé."

"Eres como una mariposa, creciendo ante mis propios ojos", dijo.

"Todo es por tu culpa", sonrió. "Ahora, si me disculpas, hice algo muy especial para el almuerzo. Te encantará. Estoy segura de que has abierto el apetito, así que mejor voy a prepararlo ahora".

Cristina se levantó y caminó desnuda hacia la puerta.

Había confianza en su caminar.

A ella le encantaba estar desnuda.

Fue divertido.

Los fluidos goteaban por sus piernas.

El sabor del semen todavía estaba en su boca.

Luego, se detuvo cuando llegó a la puerta, y se dio la vuelta para mirar a Paul, orgullosa de su cuerpo desnudo.

Ella le dijo que no se preocupara por el desastre en la sala, que lo limpiaría más tarde.

Era parte de sus deberes recién descubiertos.

TRAICIONADA

CAPÍTULO I

Becky oyó el ruido de la llave en la cerradura.

Bajó corriendo las escaleras, encendió la luz del pasillo y abrió la puerta.

Jack estaba allí bajo la lluvia, con la capucha puesta sobre su cabeza, la llave se detuvo en su mano mientras sus ojos oscuros la miraban fijamente.

"Oh, Dios mío, has venido", dijo Becky con alegría.

Ella saltó hacia adelante y pasó sus brazos alrededor de sus hombros abrazándolo, sintiendo la lluvia que cubría su abrigo filtrarse en la parte superior de su ropa tan ajustada.

A ella no le importaba.

Su hombre estaba aquí y eso era todo lo que importaba.

Ella liberó a Jack de abrazo efusivo y puso sus manos empapadas en su cara.

Su expresión seria no había cambiado.

"¿Qué pasa?", Dijo ella.

"Necesitamos hablar."

Becky sintió que su estómago se estremecía, pero se hizo a un lado para dejar que Jack entrara y se quitara las botas mojadas.

Entró en la sala de estar, frotándose los brazos nerviosamente mientras esperaba que Jack le diera las malas noticias, fueran las que fuesen.

A continuación, entró él en la sala de estar, aun con una expresión grave en su rostro demacrado.

"Ponnos una copa por favor", dijo.

Becky se acercó al carrito de licores y sirvió dos brandies.

Le temblaba la mano cuando le tendió uno de los vasos y bebió el suyo rápidamente.

Jack se acercó al sillón con los calcetines bastante húmedos.

La imagen que daba así era un poco cómica.

Ella se hubiera reído si no fuera porque el momento era bastante tenso.

Él se sentó en el borde del asiento, sin acomodarse, sin quitarse el abrigo mientras se preparaba para dar las malas noticias.

Tomó un gran sorbo de brandy antes de hablar.

"Ella lo sabe todo sobre nosotros", dijo después de tomar el licor con un suspiro final.

Becky sintió que sus rodillas se debilitaban, su corazón se aceleraba.

Se sirvió otra copa de brandy.

Caminó hacia el sofá que estaba frente a Jack y se sentó.

"¿Cómo?" Dijo después de otro trago del líquido tibio.

"Le dije."

Becky frunció el ceño.

"¿Le dijiste? ¿Para qué diablos?

"No pude aguantar más".

Becky se levantó.

"Por favor dime que estás bromeando, Jack".

Él sacudió la cabeza negándolo.

"¿Por qué le dirías a tu esposa que estás engañándola?"

Jack levantó la vista de debajo de sus pobladas cejas que le hacían parecer como un travieso cachorro.

"No pude verla estando indiferente y tranquila mientras continuaba escondiendo nuestro sucio secreto".

'Nuestro sucio secreto ¿Eso es todo lo que es para él?' Pensó Becky.

"Bueno, ¿qué dijo ella?", Dijo Becky, haciendo como que no había escuchado el ultimo comentario mientras caminaba de un lado a otro de la habitación.

"Ella está dispuesta a darnos otra oportunidad. Si esto se detiene ".

Becky dejó de caminar y miró la cara de Jack.

"¿Nos? ¿Quieres decir que tú y ella están juntos después de contárselo?"

Jack asintió.

"¿Vas a dejarme así sin más? ¿Porque ella lo dice?"

"Ella es mi esposa."

"¿Y qué era yo?"

"Tú sabes lo que era esto. Te dije que nunca dejaría a mi esposa. Esto siempre fue sexo entre tú y yo".

'Tú sabes lo que era esto. Pasado. Ya había terminado en su mente. ¿Cómo ha podido hacerme esto?'

A pesar de que él había dicho que nunca iba a dejar a Mary, Becky pensaba que lo podría convencer de que ella era realmente la mujer que él necesitaba.

¿Y no es así?

Parecía que no.

Jack había terminado su bebida y se había levantado para irse.

Becky se acercó a él.

"¿Eso es todo, entonces?", Dijo ella, mirándolo con enojo. "¿Me lo dejas caer así y te vas?"

Jack suspiró mientras la apartaba para dirigirse hacia el pasillo.

"Becky, tengo hijos", dijo, exasperado ahora.

Oh, no, él no se iba a salir así de fácil de esto.

Antes todo eran cumplidos y mensajes burlones y eróticos, con muchos besos al final para tenerme encantada.

Eso es lo que hacen todos, para obtener lo que quieren.

Luego, cuando ya han tenido suficiente, se ponen a la defensiva y tratan de deshacerse de ti.

El verdadero rostro de Jack se mostraba ahora.

Ella no había sido más que una pieza de carne para él, una cogida fácil.

Una escoria.

Una puta.

Esa era la forma en que los hombres siempre la habían tratado. Jack no iba a ser diferente.

"¿Y eso qué? Mucha gente se divorcia hoy en día. Los niños lo superan. Siguen teniendo a los dos padres ", dijo ella con frialdad.

"Son niños, Becky", espetó Jack. "Necesitan una familia. Seguridad. Un papá que siempre está cerca. No uno que aparece un par de veces a la semana ".

¿Y yo que? pensó ella algo egoístamente.

La mujer que no puede tener hijos.

La mujer que siempre y siempre será permanentemente estéril, incapaz de darle una familia a un hombre.

El fenómeno.

La rara.

La que solo es buena para divertirse, para joder.

¿Quién la amaría realmente?

"Iré a tu casa", amenazó. "Le diré lo que hicimos. Cómo me llevaste al bosque en tu auto y me follaste en el asiento trasero. Donde sus hijos se sientan cada día en el viaje a la escuela. Cómo me llevaste al mismo restaurante en donde le propusiste matrimonio a ella. A ver si ella cambia de opinión entonces ".

Jack se giró en la entrada, sus dedos dejaron la capucha que estaba a punto de levantar sobre su cabeza.

"No lo harás".

"Mírame."

Becky vio, por primera vez, una mirada en los ojos de Jack que había visto en muchos hombres antes.

Asco.

Lo que habían tenido entre ellos, lo que fuera que había sido para él, se había ido.

Ella sabía que nunca recuperaría eso.

Su labio superior se curvó cuando se colocó la capucha sobre la cabeza y se inclinó para agarrar sus botas.

Becky sintió que la calidez se desvanecía de su carne, volvía la fría sensación de quedarse atrás.

Abandono.

Ella lo había sentido demasiadas veces antes.

"No puedes simplemente dejarme, Jack", suplicó, sintiendo el familiar chorro de lágrimas que salía de sus ojos.

"Se acabó", dijo bruscamente, su voz enroscada por la ira.

"No me hagas esto, Jack. ¡Por favor!"

Él anudó el encaje de su bota y se enderezó, mirándola desde debajo del refugio de su capucha.

"No te acerques a mí ni a mi familia nunca más. Si lo haces, llamaré a la policía".

Levantó su mano y dejó caer su llave en el piso.

La llave que ella le había dado con la esperanza de que él viera esto como su verdadero hogar, en el que eventualmente llegaría a vivir en forma permanente.

Fue la última puñalada en su corazón.

Tiró de la puerta y dio un paso rápido hacia el jardín.

Becky estaba de pie en el felpudo, con las mejillas brillando teñidas de lágrimas bajo la luz brillante del salón, observando cómo su alta silueta avanzaba a zancadas a través de la lluvia.

Lejos de ella.

De vuelta a su familia.

Fuera de su vida para siempre.

CAPÍTULO II

Becky miró el interior de su vaso y sintió que la cabeza le daba vueltas.

El whisky dejó un sabor agrio y amargo en su lengua.

Con los dedos temblando sobre el vaso, ella lo levantó y lo arrojó a la pared de la chimenea.

Chocó con el espejo, haciendo que fragmentos de vidrio explotaran y luego cayeran en cascada sobre el suelo y la gruesa alfombra.

Ella saltó del sofá y marchó hacia el teléfono.

Las lágrimas brotaron de sus ojos cuando agarró el auricular, pero se dijo que no iba a llorar más.

Ella se mordió los labios, marcando con determinación el número.

Después de unos momentos, respondió una brusca voz masculina.

"¿Hola?"

"Harry, soy Becky", dijo, sofocando su embriaguez con un resoplido.

"¿Becky? Jesús, ¿para qué llamas en este momento? Son las dos de la mañana ".

"Lo siento. Es solo que ... necesito estar con alguien ".

"¿Qué? ¿En este momento?"

"Sí."

Oyó un crujido en el otro extremo de la línea, el crujido de la garganta seca por los cigarrillos de Harry mientras se movía alrededor de la cama.

"¿Realmente me estás despertando por un polvo en mitad de la madrugada?"

Becky sintió un nudo en el estómago ante sus palabras.

¿Y si ella realmente no necesitara a alguien para satisfacerse?

Sin embargo, a Harry no le importaba eso.

Solo era un hombre típico con solo una cosa en mente.

Ella paró la tentación de explotar.

"¿Por qué no? Es un momento tan bueno como cualquier otro ", dijo algo agitada.

"Tengo que estar despierto a las seis".

"¿Y qué? Puedes dormir mañana por la noche. Y al menos irás a trabajar satisfecho en lugar de bostezando ".

"Estoy destrozado ahora mismo. Lo única forma de no ir bostezando a trabajar es unas cuantas horas más de sueño y no de ejercicio ".

Becky pellizcó sus labios frustrada y agarró sus cigarrillos que estaban colocados junto al teléfono.

Encendió uno y dio una larga y profunda chupada, luego se frotó la sien con el pulgar mientras soltaba el humo espeso.

"Te haré lo que quieras", dijo, y la nicotina le dio suficiente fuerza para intentar seducirlo.

"¿El qué?", Dijo Harry.

"Te meteré mi lengua por tu culo. Te comeré como un hombre se come a una mujer ".

Hubo una pausa y pudo sentir a Harry pensando en el otro extremo.

No muchas mujeres estaban dispuestas a comerle el culo a un hombre y Harry tenía un ano particularmente sensible, su lengua tenía la capacidad de hacer que todo el cuerpo de él se doblara y gritara al mismo tiempo.

Sin embargo, parecía que realmente estaba cansado esta noche. Incluso eso no fue suficiente para tentarlo.

"Oh, Becky. ¿No podrías haber llamado a una mejor hora?

"Me pondré mi correa. Te daré una larga y dura follada ¿Eso es lo que quieres, Harry? Una. Larga. Dura. Follada."

Harry sonaba nervioso y agitado cuando respondió.

Becky sabía que a él se le había puesto la verga dura como una piedra bajo las sábanas ante su explícito y asqueroso coraje.

Pero no importaba con qué intentara tentarlo, él parecía que no se iba a mover.

"Lo siento, Becky. Voy a tener que pasar. ¿Qué tal el viernes por la noche?

Becky vio el cenicero en la mesa de café y aplastó su cigarrillo.

"Eres igual que todos los hombres, ¿verdad? Crees que voy a ir corriendo cuando tú digas. Bueno, ¿sabes qué, Harry? Puedes joderte tú solo. Esa fue tu última oportunidad y la acabas de arruinar ".

"¿Qué ... Becky?"

"Adiós, Harry. Sueño profundo si puedes. ¡Coño! "

Colgó de golpe el teléfono en el receptor.

Becky se sentó en la cama por un momento, su corazón acelerado, su sangre hirviendo, un millón de pensamientos diferentes compitiendo por la precedencia dentro de su cabeza.

¿Cómo podrían hacerle esto?

Una y otra vez.

¿Y por qué ella seguía dejando que lo hicieran?

Cayendo en la misma vieja trampa una y otra vez.

Ella sabía lo que dirían los psiquiatras.

No te valoras lo suficiente.

¿Cómo puede esperar recibir respeto cuando ni siquiera se respeta a sí misma?

Bueno, eso es fácil de decir para ellos.

Quieren saber lo que es sentirse una puta que deja que los hombres usen su cuerpo como si fuera un trapo sucio.

Una madre que se iba a joder con sus novios y dejaba a su hija sola en casa, fría y hambrienta sin nadie quien la quisiera.

Una mujer que la convenció durante años de que su padre no la quería.

Que los había abandonado por su culpa.

Cuando la verdad fue que él se fue intimidado por la sumisión a la que era sometido por ella y demasiado aterrorizado para regresar a su reino de terror.

Becky hundió su rostro en sus manos y dejó que las lágrimas inundaran sus palmas.

Me dejaste, papi.

¿Cómo pudiste dejarme con esa perra psicópata?

Ella se sentó y se obligó a sí misma a que las lágrimas se detuvieran.

La tristeza se convirtió en enojo como el cambio de un interruptor.

Su padre fue un jodido cobarde.

Como todos los hombres.

Caminaban controlados por las bolas que se columpiaban entre sus piernas, pero no tenían las agallas para usarlas.

Sólo una mujer podía hacer eso.

El dolor era demasiado.

Becky necesitaba sexo.

Era lo único que la calmaría.

El sexo calmaría el dolor que sentía por dentro.

Dolor por no ser amada y por ser rechazada, que le hacía sentir como una puta sucia y desechable.

Durante unos breves momentos, un beso apasionado, un impulso lujurioso que la llevara al orgasmo, y se sentiría sanada.

Todo bien de nuevo.

Amada.

El único problema era que se había convertido en una adicción.

Y una vez que todo había terminado, después de que los hombres se marcharan y regresaran con sus esposas o a la siguiente mujer dispuesta a abrir sus piernas, ese lugar oscuro volvería.

Hasta la próxima solución.

Becky no podía soportarlo más.

Ya era suficiente.

Esta vez alguien iba a pagar.

CAPÍTULO III

La venganza es dulce.

O eso dicen.

Becky reflexionó sobre esto mientras se cepillaba el pelo largo y negro en el espejo del tocador.

Estaba desnuda, aparte de un par de bragas negras adornadas con un pequeño lazo rojo.

Sus senos de cuarenta y tres años eran tan firmes como los de una mujer diez años menor que ella.

Era uno de los aspectos positivos de no poder tener hijos.

Ha mantenido su figura y sus esplendidos encantos durante más tiempo.

Cuando las cerdas del cepillo se deslizaron por su cabello, experimentó una calma que no había sentido en años.

Algo finalmente se estaba generando dentro de ella.

Ya no será más una víctima.

Ella estaba luchando.

Ella iba a ser una guerrera.

Seleccionó una barra de lápiz labial rojo oscuro de su maquillaje y se la aplicó con cuidado a los labios, agregando un poco de plenitud dando un milímetro extra alrededor del borde.

El color complementaba su cabello oscuro y su piel aceitunada, dándole un aspecto ligeramente mediterráneo que no podría haber estado más lejos de su herencia británica.

Ella tuvo que admitir que se veía bien.

Ella podría tener un poco de aspereza en la voz por tantos cigarrillos y una infancia de mierda, por no mencionar la bebida, pero sabía cómo presentarse para tener sexo.

Ella había aprendido esa habilidad de su madre, y cuando se dio cuenta de cuán duras eran las chicas del norte, también había aprendido a usarla para su beneficio.

Las chicas sexy tenían poder.

Podrían controlar a los hombres con sus cuerpos, su aroma, y una mirada provocadora.

Cuando Becky lo meditó, se dio cuenta de que era lo que le había permitido sobrevivir durante tantos años.

Se levantó y caminó hacia el espejo de cuerpo entero.

Inclinando su cabeza a un lado, ahuecó sus pechos.

Hizo un mohín con sus labios recién pintados.

Sí, se veía lo suficientemente buena para comer algo apetitoso.

Y para comerte también, pensó con una risa sensual.

En la cama había un vestido rojo.

Corto.

Muy provocador.

Escote bajo para mostrar sus tetas.

Ella deslizó sus pies descalzos en él y lo subió a lo largo de su cuerpo.

Mirándose en el espejo, ella se dio la vuelta y lo abrochó.

Admiraba la tela sedosa, arrugada en las caderas, lo que acentuaba su forma típica de reloj de arena.

Junto a la puerta había una hilera de zapatos de tacones.

Becky se acercó y deslizó sus pies en un par rojo.

El color de esta noche era escarlata.

Rojo por sangre y asesinato.

CAPÍTULO IV

El taxista se detuvo afuera del club.

Becky notó que había dos gorilas junto a las puertas.

Pagó al taxista y salió a la calle iluminada por la luz de la farola, el aire suave tocando sus hombros desnudos mientras la música del club golpeaba bajo sus pies.

Cerró la puerta del taxi y caminó hacia la entrada, colocando la correa de su pequeño bolso rojo sobre su hombro.

Lugar de Encuentro era un moderno club de caballeros que había aparecido en la ciudad hace un par de años.

Hombres de todas las edades iban allí con sus trajes más modernos, empapados en botellas de loción para después del afeitado, tratando de atraer a las chicas del norte que acudían a su olor como perras en celo.

Becky no era la excepción.

Pero esta noche tenía su mente puesta en un hombre en particular.

El lugar era una colmena de actividad, ocupada para una noche de mitad de semana.

Una cantante estaba actuando en el escenario en un lado de la sala y el bar en el otro estaba lleno de los tipos más viejos encorvados sobre vasos de cerveza.

Hombres y mujeres se sentaban en una gran área llena de mesas en el centro de la sala, charlando y mirando hacia el escenario.

Becky se dirigió al bar y llamó a un apuesto joven barman con un corte de pelo estilo pico de viuda.

"¿Ricky está aquí esta noche?", Preguntó ella.

El camarero asintió. "Atrás."

Becky le dio una sonrisa y se alejó del mostrador, notando que los ojos de los hombres más viejos se habían movido de sus bebidas a ella.

Se aseguró de que tuvieran una buena vista de su trasero mientras desaparecía por un corredor que conducía a las oficinas en la parte trasera.

Ricky Morris era el dueño de cinco clubes nocturnos en el área de Maine.

Había ganado su dinero a partir de unos tratos poco fiables en los años noventa y abrió la cadena de clubes de caballeros que había sido un éxito instantáneo con los muchachos juguetones del Norte.

También era conocido por trabajar con strippers y prostitutas, proporcionándoles clientes y recortando sus ganancias.

Becky lo conoció hace dos años en el lanzamiento de *Lugar de Encuentro*.

De todas las mujeres atractivas y chicas guapas que estaban allí esa noche, era a ella a quien se había acercado.

Tal vez reconoció algo de sí mismo en ella, un rasgo masculino que apelaba a su naturaleza ambiciosa y emprendedora.

Una mujer que no se inclinaría ni adularía por su dinero y buena apariencia.

Una mujer que jugaría duro para obtener lo que quería.

Becky llamó a su puerta, pero no esperó una respuesta.

Al entrar en la habitación, vio un destello de carne y olió el inconfundible aroma del sexo.

Una mujer de veintitantos años yacía sobre el escritorio, con los pechos desnudos expuestos a través de un vestido que todavía estaba envuelto alrededor de su cintura.

Ricky la estaba follando desde una posición de pie, pantalones negros alrededor de sus tobillos, el sudor brillando sobre su cabeza afeitada.

Volvió la cabeza ante la interrupción.

"Joder." Se apartó de la mujer y Becky vio su gran polla, inflamada por la excitación, resbaladiza con el jugo de la mujer.

Cuando vio quién había entrado en la habitación, suspiró, se inclinó y se subió los pantalones.

La mujer en la mesa cubrió sus pechos, tratando de ocultar su vergüenza con una risa sensual.

Pequeña zorra, pensó Becky, caminando sin vergüenza dentro de la oficina.

Ricky se estaba abrochando el cinturón de cuero alrededor de la cintura cuando movió la cabeza para que la chica se fuera.

Aun cubriendo sus pechos, se deslizó recatadamente de la mesa, tomó los zapatos de tacón y salió de puntillas de la habitación.

Ricky caminó alrededor de su escritorio, mirando a Becky de reojo, con el rostro enrojecido.

Se sacó un pañuelo del bolsillo de la camisa, se enjugó la frente y metió la mano en un cajón para recuperar una pitillera plateada.

"¿A qué debo el placer?", Dijo, abriendo la caja y sacando un cigarrillo de colores.

Le ofreció uno a Becky.

Ella mantuvo sus ojos en él mientras caminaba hacia el escritorio y tomaba uno de los cigarrillos.

Era escarlata.

"¿Comprobando la calidad de la mercancía de nuevo?", Dijo, colocando el cigarrillo rojo entre sus labios.

Ricky entrecerró sus agudos ojos azules mientras encendía su cigarrillo y luego sostenía el encendedor para encender el de Becky.

"¿Cuál es tu punto para interrumpirme, entrando aquí sin avisar?"

Becky aspiró un poco del cigarrillo encendido.

Ella expulsó el humo que se arrastraba hacia el techo en un delgado hilo.

"Veo que has estado ocupado últimamente."

Ella miró hacia la mesa con una sonrisa.

Las impresiones de sudor donde habían estado las nalgas de la mujer todavía estaban presentes en la superficie del vidrio.

Ricky se sentó pesadamente.

Becky casi podía oír su corazón acelerarse, la sangre todavía bombeando alrededor de su cuerpo de la sesión sexual interrumpida.

Él la estudió con curiosidad.

"¿Ya terminaste?"

Becky negó con la cabeza.

"¿Entonces qué? Noto algo diferente en ti ".

Becky echó hacia atrás su pelo y miró la pecera grande que brillaba detrás de la cabeza de Ricky.

Peces grandes en un estanque muy pequeño, pensó con ironía.

Él podría tener dinero y poder sobre las mujeres, pero sentado allí en su silla sin tener ni idea de lo que estaba por suceder, era tan débil y patético como cualquier otro hombre.

"Supongo que debe ser por el clima del mes", dijo secamente.

Se quitó la bolsa del hombro y la colocó con cuidado sobre la superficie de vidrio que estaba sobre la mesa.

Ricky miró sus movimientos con interés.

Caminó alrededor del escritorio y posó sus nalgas en su borde duro.

Ricky hizo girar su silla, se inclinó hacia atrás y la estudió.

"Estás con ganas", dijo con atención.

"¿Cuándo no lo estoy?", Respondió ella.

Ricky sonrió.

A él le encantaba eso de ella.

Ese apetito audaz y dispuesto para el sexo.

Especialmente de una mujer.

Lo puso duro en segundos. Becky esperó a ver que su polla volvía a despertar mientras movía su cuerpo para mostrar sus pechos.

"Eres una puta", dijo Ricky. "Nada te detiene, ¿verdad? Ni siquiera segundos descuidados en una pequeña zorra.

"Ella era solo el aperitivo. Yo soy el plato principal. El sexo real."

Becky se subió el vestido por el muslo y deslizó los dedos entre sus piernas.

Se había quitado las bragas antes de salir de la casa, así que tenía fácil acceso a los labios desnudos que tenía entre las piernas.

Miró a Ricky y tomó otra chupada del cigarrillo.

El bulto que seguía creciendo en sus pantalones le dijo que planeaba estar dentro de ella en segundos.

Su coño se humedeció ante el pensamiento, intensificado por el conocimiento de que esta vez la satisfacción sería más dulce que cualquier otra.

Puso sus manos sobre la superficie de vidrio, dejando huellas pegajosas de su coño almizclado, y maniobró hasta posicionarse directamente frente a Ricky.

Puso ambos talones en los brazos de la silla, abriendo las piernas para darle la vista completa de lo que tenía entre sus piernas.

La excitación brilló a través de los ojos de Ricky mientras miraba hacia abajo y veía el dulce oculto debajo del pequeño vestido rojo.

"¿Qué se supone que debo hacer con eso?" Dijo sardónicamente, levantando su ceja.

Con los codos sobre la mesa, Becky aún logró fumar mientras respondía con una sonrisa sensual.

Sin palabras.

Ricky apagó su propio cigarrillo aplastándolo sin vergüenza sobre el cristal.

Respiró a través de sus fosas nasales, tal vez para obtener un sabor perfumado de lo que vendría, empapando sus largos dedos frente a sus hermosos labios.

"Voy a comerte hasta que tu coño gotee en mi boca".

Becky sintió un hormigueo en la vulva mientras apretaba los músculos.

Ella siempre había amado a un chico al que le gustara comer coño.

Ricky estaba feliz de saturar su rostro en su jugo, haciendo cosas con su lengua que lo enviaran a otro lugar.

Sería la forma más humana de irse, pensó.

Un miedo eufórico.

Sus grandes manos tocaron sus rodillas y separó sus piernas aún más.

Becky lo miró con una fascinación sombría, evaluando la excitación en sus ojos acerados.

Se pasó la lengua por los labios en broma.

Becky sonrió a sabiendas.

Entonces, antes de que ella pudiera hacer otra cosa, su cabeza estaba entre sus piernas y su lengua caliente y húmeda estaba abriéndose paso dentro de ella.

La cabeza de Becky cayó hacia atrás mientras jadeaba de placer.

"Oh, joder".

Ricky movió su cabeza vorazmente, lamiendo su carne pegajosa.

Comer, probar, respirar su olor almizclado.

"Delicioso", Becky lo escuchó decir con su profundo acento de Vermont.

Ni por asomo iba a saborear algo tan delicioso como su dulce venganza, pensó.

Ricky bajó la cremallera de sus pantalones y sacó su polla, masturbándola con movimientos rápidos y duros de su muñeca.

Becky se preguntó brevemente si él prefería su coño al que había estado follando minutos atrás.

Entonces ella decidió que ya no le importaba.

Todos los hombres eran iguales.

Tontos del culo que abusan de putas y chupan coños. Incluso si tuvieran la capacidad de enviarte a lugares que nunca supiste que existían.

¡La lengua de Ricky era divina!

Becky miró hacia abajo y vio el brillante y redondo cuero cabelludo subiendo y bajando.

Este era su momento.

Tomando aliento, hizo una pausa por un momento, luego juntó sus muslos en un movimiento rápido, cerrando el cuello de Ricky entre sus piernas.

Él se atragantó e intentó alejarse, pero fue en vano.

Becky metió la mano en el bolso rojo y sacó un cuchillo.

Ella agarró la empuñadura con ambas manos y la levantó por encima de la cabeza de Ricky.

Él continuó balbuceando, agarrando sus muslos para abrirlos.

Pero ella no pudo hacerlo.

Ella no podía dejar caer el cuchillo sobre su cabeza.

Ahora que el momento estaba aquí, ya no parecía una fantasía.

Se sentía como una pesadilla.

Ella no era una asesina.

Ella no podía convertirse en algo que no era.

La habían matado por dentro y ella los despreciaba por eso, pero matar a sangre fría la convertía en otra cosa.

La hacía a ella ser menos que ellos.

Becky liberó la presión de sus muslos sobre la cabeza de Ricky.

Salió de la trampa, jadeando y frotándose el cuello.

"Loca puta perra", gritó. "¿A qué estás jugando?"

Becky ya había ocultado el arma en el bolso antes de que Ricky escupiera su ira.

"Pensaba que te gustaría probar algo un poco duro", jadeó, haciendo todo lo posible por ocultar el miedo en su voz.

Ricky apartó sus piernas y se levantó.

"¡No podría respirar!"

Becky jugueteó con su vestido y bajándose de la mesa de vidrio.

Mientras estaba de pie, notó la expresión de duda en los ojos de Ricky.

"Oh, vamos", dijo ella. "Fue un poco divertido".

Consiguió mantener una sonrisa mientras su corazón latía frenéticamente dentro de su pecho.

Ricky no dijo nada, buscando en sus ojos algún tipo de engaño.

Él sería el único que tendría sangre en las manos si supiera que ella había planeado matarlo.

Becky caminó hacia él y se inclinó cerca de su rostro.

Ella besó su mejilla ruborizada, dejando su labio escarlata impreso en su piel.

"Ya he tenido suficiente por hoy. Me iré mejor", dijo ella.

Levantó su bolso de la mesa y caminó hacia la puerta.

Podía sentir los ojos de Ricky clavados en ella.

Penetrante.

Acusatorio.

"Espera", dijo.

Becky se detuvo.

Su corazón se congeló.

Lentamente se dio la vuelta.

El contorno oscuro de Ricky estaba bordeado por el brillante resplandor del agua de la pecera mientras esperaba que hablara.

"Querrás tu dinero", dijo.

Becky frunció el ceño.

"¿Qué dinero?"

"Siempre pago a mis chicas favoritas".

Becky estudió sus ojos.

¿Qué estaba haciendo él?

"Nunca lo has hecho antes".

"Ya es hora de que lo haga".

Cogió un talonario de cheques del escritorio.

Sacó un bolígrafo del bolsillo de su camisa y garabateó algo en de él.

Cuando se lo acercó a Becky, sintió que le picaba el cuello.

Ricky le dio el cheque.

Becky lo tomó y miró la cantidad.

Cuarenta mil dólares.

Ella palideció y miró a Ricky con incredulidad.

"Por servicios debidos", dijo.

Becky miró hacia atrás a la figura fuerte.

Cuarenta mil dólares.

Pagaría su hipoteca.

Ella podría conseguir un auto nuevo.

Salir a flote.

Comprar ropa nueva.

Zapatos de diseño.

Ricky no sonreía mientras la miraba estudiar el cheque.

La mirada que le dirigió fue de preocupación.

Becky miró nerviosamente sus ojos azul acero.

Él sabía que ella había intentado matarlo.

Él la estaba pagando.

Toma el dinero, déjame en paz, no vengas.

Ella no quería decepcionarlo.

Se las arregló para sonreír y luego se volvió para salir de la habitación, su mano temblorosa aun sosteniendo su nueva fortuna.

MEJOR UN TRÍO

Los tres nos acurrucamos en el sofá viendo una película de cursi película de HBO.

Yo estaba en el medio, apoyada contra mi novio, Peter, y su mejor amigo, Ricky, el cual estaba apoyado contra el otro lado del sofá.

Peter volvió la cabeza hacia nosotros e hizo un comentario que no le importaría hacer eso de lo que habíamos hablado antes.

Miré fijamente a la televisión y vi como una mujer se salía con la suya con dos hombres.

Ricky se movió un poco en el sofá.

"Sí, parece que podría ser divertido". Dije solo mirando la pantalla y me reí entre dientes.

Lo siguiente que supe fue que Peter comenzó a pasar sus manos a lo largo de mis costados y alcanzó la parte inferior de mi camisa, tirando de ella.

Ricky se acercó un poco y comenzó a frotar mi pierna mientras me miraba a los ojos.

Sentí que todo mi cuerpo saltaba sin moverse.

Peter me sentó y me quitó la camisa, mis pechos descansaban en mi sujetador de encaje negro, los pezones duros y empujando contra la tela.

Luego presionó su cuerpo contra el mío, envolviendo sus brazos alrededor de mi espalda y con un movimiento de su muñeca mis pechos estaban sueltos.

Peter comenzó a chuparme las tetas mientras Ricky deslizaba sus manos hacia el botón de mis pantalones cortos.

Sentí que me humedecía cuando Ricky desabrochó mis pantalones cortos, tiró de ellos hacia mis caderas y mis piernas.

Para su sorpresa, no llevaba bragas.

Ricky se lamió los labios y acercó su rostro a mi coño mojado.

Jadeé cuando sentí su lengua penetrar mis labios y acariciar mi clítoris, haciendo que Peter chupara mis pezones con más fuerza.

Yo deslicé sus manos hacia sus pantalones y comencé a trabajar para quitárselos.

Separo mis piernas aún más para darle a Ricky un acceso más fácil.

Mi corazón comenzó a acelerarse cuando lo que estaba sucediendo comenzó a asentarse en mi cabeza.

Mientras Ricky lamía hambrientamente mi coño mojado y empapado, se quitó los pantalones y se retiró a regañadientes para quitarse la camisa por la cabeza.

Luego, Ricky comenzó a tirar de mis caderas, tirando de mi trasero hasta el borde del sofá, se puso de pie y vi su polla dura y palpitante justo antes de presionarla contra mis labios, frotando la longitud de mi clítoris hinchado.

Cuando Peter se puso de pie, se quitó la camisa y la arrojó a un lado.

Luego se subió al sofá, su polla a centímetros de mi cara, pasando por encima de mis piernas una de las suyas.

Gemí cuando Ricky empujó su polla dentro de mi coño, llenándome por completo.

Instintivamente apreté con fuerza alrededor de su miembro.

Saqué mi lengua y acaricié con ella la punta de la gran polla de Peter, incliné mi cabeza hacia adelante y envolví mis labios alrededor de la cabeza hinchada.

Peter se apoyó con una mano contra la pared y deslizó los dedos de la otra en mi cabello, guiando suavemente mi cabeza mientras le chupaba la polla.

Ricky pasó sus manos arriba y abajo por mis costados y agarró mis caderas, sosteniéndome quieta mientras me follaba.

Mis gemidos se perdieron en los suyos.

Comencé a balancear mis caderas contra las de Ricky hundiendo su polla palpitante más profundamente en mi apretado coño mojado.

Comencé a trazar el interior del muslo de Peter, llevé mi mano a sus bolas llenas de semen y comencé a masajearlas suavemente, dejándolas rodar en mi pequeña mano.

Gemí de nuevo, mi boca completamente llena por la polla de Peter.

Podía sentir la cabeza de su polla tocar la parte posterior de mi garganta, con el sabor del líquido preseminal en mi lengua.

Peter se echó hacia atrás, su polla aun palpitando por mi dura succión, bajó del sofá, tomando mi mano entre las suyas.

Me senté y Ricky sacó su polla de mi excitado coño.

Peter me llevó a la habitación, se sentó en la cama, agarró mis caderas delgadas y me dio la vuelta.

Ricky se paró frente a mí, acariciando su polla dura mientras Peter separaba mis nalgas.

Ricky luego agarró mis caderas y me ayudó a equilibrarme mientras ayudaba a colocarle la polla de Peter delante de mi apretado agujerito.

Mis rodillas se presionaron contra mis senos cuando sentí la polla húmeda de Peter presionar contra mi culo apretado.

Gemí cuando su polla penetró lentamente mi culo.

Ricky empujó la parte superior de mi cuerpo hacia atrás y deslizó su polla nuevamente dentro de mi coño.

Inclinándome hacia atrás, con mis brazos apoyándome, mi culo y mi coño llenos de polla, gemí en voz alta y me mordí el labio inferior.

El dolor y el placer provenientes de la doble penetración era casi demasiado para manejarlo.

Peter deslizó su polla de veinte centímetros hasta el fondo de mi culo, llenándolo por completo y luego comenzó a mover sus caderas.

Sus manos alrededor de mi pecho masajeando mis senos.

Ricky bombeó furiosamente en mi coño caliente y húmedo.

Su respiración se hizo difícil y sus manos en mis caderas me sostuvieron en su lugar.

Apreté fuertemente alrededor de sus dos pollas, sintiendo que mi propio clímax comenzaba a crecer.

La polla de Peter se hinchó dentro de mi trasero cuando apreté y comenzó a follarme más rápido, gimiendo mientras lo hacía.

Ricky cerró los ojos y comenzó a sentir ese calor familiar en su polla mientras la bombeaba constantemente en mi coño.

Estaba gimiendo con casi cada respiración, deseando sentirlos explotar dentro de mí.

Apreté más fuerte.

El cuerpo de Peter comenzó a temblar debajo de mí mientras su polla explotaba llenando mi culo con su espeso semen.

Sus gemidos se mezclaron con los de Ricky y los míos.

Envolvió sus brazos alrededor de mi pecho con fuerza mientras su clímax alcanzaba su punto máximo, bombeando su polla a chorros dentro y fuera de mi apretado culo.

Cuando Peter se corrió en mi trasero sentí que mi propio clímax comenzaba a hacer que mi cuerpo se tensara y mi coño se contrajera alrededor de la polla llena de esperma de Ricky.

Comencé a mover mis caderas al ritmo de los movimientos de Ricky, queriendo correrme alrededor de su polla.

Eché la cabeza hacia atrás y gemía tan fuerte que casi grité cuando entré en clímax, con una polla en cada hoyo.

Ricky no pudo contenerse por más tiempo, se soltó con la suya y llenó mi coño con chorros de su semen.

Los dos temblando, nuestros golpes se volvieron más lentos y nuestros gemidos se suavizaron, disminuyendo nuestros clímax.

Ricky se inclinó hacia adelante, me besó suavemente y sonrió mientras sacaba su polla de mi coño y me ayudaba a levantarme de la cama.

Peter se levantó rápidamente, se paró detrás de mí, envolvió sus brazos alrededor de mi cintura y besó mi mejilla.

Él dijo entre risas:

"Sí, fue divertido, de hecho... "

FIN